Inhalt

... leider geht's mit mir jetzt wohl zu Ende.

Das Timing könnte nicht besser sein ...

Meine Überlebenschancen? So gut wie null.

Ein nicht behandelbarer Herzfehler ...

... dass mich ein früher Tod ereilen würde.

Vor gerade mal 3 Jahren wurde mir eröffnet ...

Der Arzt warnte mich damals, dass der nächste Anfall ...

... ziemlich sicher mein letzter sein würde.

Daraufhin habe ich kurzerhand meinen Job gekündigt ...

...
und mich vollkommen meinem Hobby, dem VR-Multiplayer-Online-Game *Broken Balance Online* (oder kurz *BBO*) gewidmet.

Und heute ...

...
ist es uns dank meines Wissens endlich gelungen ...

Infolgedessen bin ich ...

...
zu einem der besten Spieler aufgestiegen.

...
den Endboss auszuschalten, der drei Jahre lang als unbesiegbar galt.

Durch meine Krankheit habe ich zwar eine etwas längere Reaktionszeit, doch was das Wissen über die *BBO*-Welt angeht, kann es niemand mit mir aufnehmen.

... hätte ich gerne noch etwas länger gelebt.

Wenn es nach mir gegangen wäre ...

[21:52] S.B
[21:54] D.G DU VERLÄS
[21:55] I.N   IST ETWAS
[21:55] D.G WAS IST LC
[21:56] S.B   HEY!
[22:01] D.G ALLES OK

BACK SPACE

NU LO

ENTER

VIELEN DANK FÜR ALLES.

TIPP

TIPP

Dabb

Ich
hoffe
...

...
auf der
anderen
Seite
...

...
erwartet
mich eine
glückliche
Welt.

Von meiner Geburt an ...

... bis jetzt!

M... Mein ...

... ganzes Leben zieht an mir vorbei.

... mitsamt meinen Erinnerungen an mein altes Leben ...

... in dieser Welt wiedergeboren worden.

Offenbar bin ich ...

Ach so ...

Ich hoffe, auf der anderen Seite ...

... erwartet mich eine glückliche Welt.

Kapitel 1 - Eine Welt wie im Online Game

Bisher weiß ich Folgendes ...

Ich werde hier »Eld« genannt.

Ich bin der jüngste von vier Söhnen eines niederen Adelsgeschlechts aus dem Grenzgebiet.

Die Familie behandelt mich, als existiere ich überhaupt nicht.

Die anderen Familienmitglieder lassen mich völlig links liegen.

Für sie bin ich ein nutzloses Kind ohne Wert.

Der Einzige, der mir Beachtung schenkt, ist Rait, der älteste Sohn.

Ihr Verhalten mir gegenüber hat vermutlich mit den drei Jahren Missernte zu tun, die auf meine Geburt folgten. Seitdem stempeln sie mich als Unglückskind ab.

Unverschämtheit, das mir in die Schuhe zu schieben.

Doch morgen werde ich fünfzehn und gelte damit in dieser Welt als erwachsen.

Die Volljährigkeit wird mit einer feierlichen Zeremonie vollzogen.

... dass ich minderjährig bin.

Und dass die Familie mich noch nicht verstoßen hat, liegt nur daran ...

Aber trotz alledem ...

... bin ich alles andere als verzweifelt.

Sie werden mich ausstoßen und verbannen.

Danach bin ich offiziell auf mich allein gestellt.

Denn
diese
Welt
...

...
hat große
Ähnlichkeit
mit der von
*Broken
Balance
Online.*

Auch hier existieren ...

... Magie, Skills und Berufe.

Abgesehen von der Volljährig-keitszeremonie hat diese Welt noch weitere unübersehbare Gemeinsam-keiten mit *BBO*.

Es handelt sich vielmehr um ein Ständesystem, wie es häufig in Fantasy-Spielen anzutreffen ist. Also zum Beispiel Magier oder Krieger.

Damit sind allerdings nicht solche Berufe gemeint, wie sie auf der Erde existieren, wie beispielsweise Zimmermann oder Ingenieur.

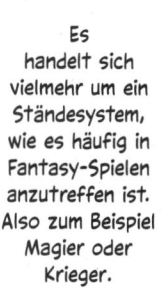

Auch die hier erlernbaren Skills sind dieselben wie im Spiel.

Die erste Fähigkeit, die beispielsweise ein Krieger erlernt, ist der »Wirbel-angriff«.

Und die einer Magierin ist der »Magic Ball«.

Ich bin aktuell auf dem Level eines Anfängers ...

Das habe ich herausgefunden, als meine älteren Brüder mit ihren neuen Skills prahlten.

Die Weiterentwicklung der Skills folgt auch demselben System.

... und gehöre dem Stand der »Novizen« an.

Dementsprechend stellt der Novize den niedrigsten Stand von allen dar.

Wie der Name vermuten lässt, fallen alle, die noch keinen anderen Beruf erlernt haben, automatisch in diese Kategorie.

Am besten, ich probiere es gleich einmal aus.

»Selbstheilung«!

Eine Fähigkeit besitzt allerdings auch ein Novize bereits von Anfang an.

Alle Stände, einschließlich dem des Novizen, können diesen Regenerationszauber niedrigster Stufe ausführen.

Der Zauber ist mir geglückt.

Das bedeutet, dass das Skill-System dieser Welt nach denselben Regeln funktioniert wie *BBO*.

So fehlt es den Bewohnern erheblich ...

... an Wissen über Magie und Skills.

Aber es gibt auch Dinge, die völlig anders sind.

Man nehme die eben angewendete Selbstheilung zum Beispiel.

Sie hat zwar keine große Regenerationswirkung ...

Doch niemand scheint Gebrauch davon zu machen!

... steht dafür aber allen zur Verfügung und verbraucht nur wenig magische Energie. Ein äußerst nützlicher Zauber also.

Obwohl damit schnell und einfach geheilt werden könnte ...

In *BBO* gibt es zwar den Skill, aus Kräutern Heilmedizin herzustellen, doch habe ich dies hier noch nie beobachtet.

... schmieren sich die Leute mit irgendwelchen Kräutertinkturen ein.

Im Gegenteil. Ich denke, ich habe sogar den ein oder anderen Vorteil.

So gesehen, ist meine Lage also nicht so misslich wie zunächst befürchtet.

Nein.

Es stimmt, dass Vater nicht gerade erpicht darauf ist, so viel Geld für eine Feier auszugeben.

Machst du dir etwa Gedanken wegen der Kosten?

Es ist nicht wegen des Geldes.

Aber es ist seine Pflicht als Vater, dir eine standesgemäße Volljährigkeitszeremonie auszurichten.

Ich will mich dem einfach nicht unterziehen.

Am Tag des fünfzehnten Geburtstags empfängt man den Segen des Priesters, welcher einem einen Stand zuweist.

Zum einen durch die Zeremonie.

Es gibt zwei Wege, in einen anderen Stand zu wechseln.

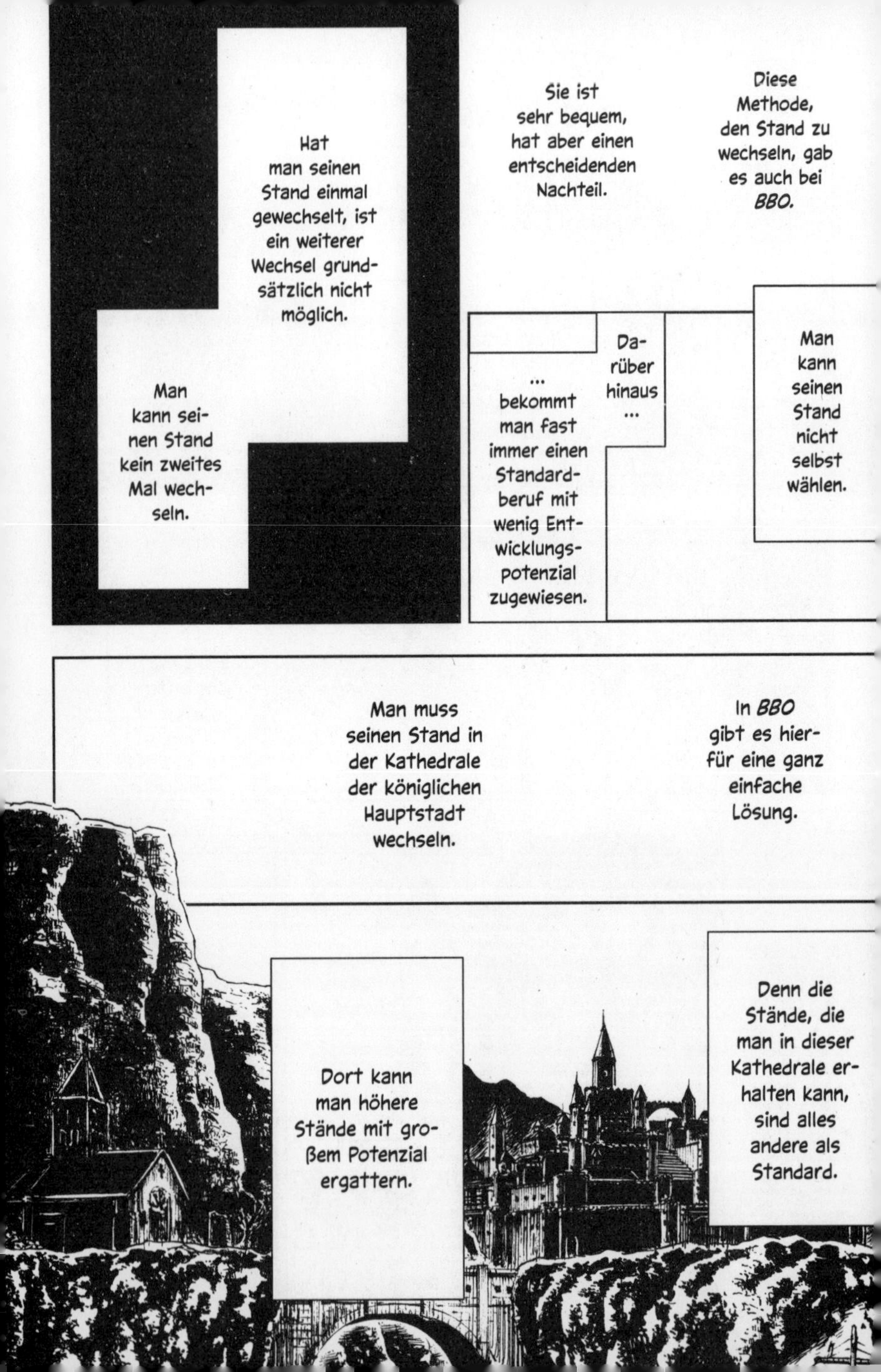

Hat man seinen Stand einmal gewechselt, ist ein weiterer Wechsel grundsätzlich nicht möglich.

Sie ist sehr bequem, hat aber einen entscheidenden Nachteil.

Diese Methode, den Stand zu wechseln, gab es auch bei *BBO*.

Man kann seinen Stand kein zweites Mal wechseln.

... bekommt man fast immer einen Standardberuf mit wenig Entwicklungspotenzial zugewiesen.

Darüber hinaus ...

Man kann seinen Stand nicht selbst wählen.

Man muss seinen Stand in der Kathedrale der königlichen Hauptstadt wechseln.

In *BBO* gibt es hierfür eine ganz einfache Lösung.

Dort kann man höhere Stände mit großem Potenzial ergattern.

Denn die Stände, die man in dieser Kathedrale erhalten kann, sind alles andere als Standard.

Bist du dir wirklich sicher?

Bist du dir im Klaren, dass du dann dein ganzes Leben im Stand eines Novizen fristen musst?

Vater dürfte sich freuen ...

... wenn ich ihm berichte, dass du auf die Zeremonie verzichtest.

Und deshalb ...

... muss ich unbedingt hier weg. Und zwar ohne mich der Volljährigkeitszeremonie zu unterziehen.

Wenn ich es ihm sage ...

... hört er mir vermutlich nicht einmal zu.

Würdest du also bitte Vater darüber in Kenntnis setzen, dass die Zeremonie ins Wasser fällt?

Lass das nur meine Sorge sein.

Na gut ...

Ich sage ihm Bescheid.

Danke.

Stapf

Schon gut.

Adieu!

Und lass dich nicht wieder hier blicken!

...
sind ein stumpfes, minderwertiges Schwert und 10.000 Gil. Wenn ich mich recht erinnere, hat 1 Gil in etwa denselben Wert wie 1 Yen* auf der Erde.

Nicht mal Wechselkleidung ...

Nicht einmal zum Abschied ...

... lässt sich einer von denen blicken. Alles, was ich habe ...

* Etwa 0,6 Cent.

Eld.

Machst du dich schon auf die Reise?

Ein Abenteurer ...? Geht das denn als Novize?

Ich werde in die Nachbarstadt gehen und mich fürs Erste als Abenteurer durchschlagen.

Welchen Grund hätte ich, länger hierzubleiben?

Wenn das so ist, wäre es doch besser gewesen ...

... zuvor in einen anderen Stand zu wechseln, findest du nicht?

Ja.

Ich habe gehört, auch ein Novize kann als Abenteurer angeheuert werden, wenn er es versteht, mit dem Schwert umzugehen.

Damit du erst mal über die Runden kommst.

Das sind 10.000 Gil.

Sieh zu, dass du eine Arbeit findest, bevor es aufgebraucht ist.

WUPP

Sieht so aus ...

... als hätte ich immerhin einen netten Bruder.

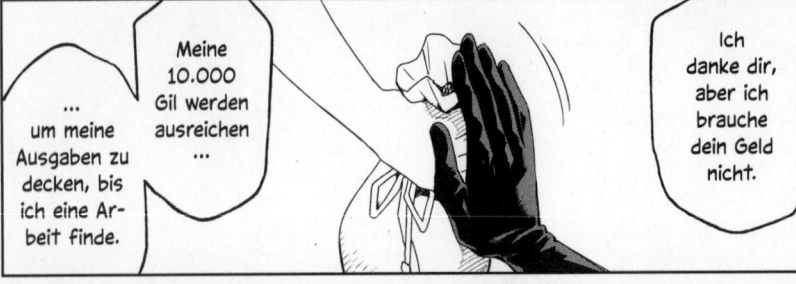

... um meine Ausgaben zu decken, bis ich eine Arbeit finde.

Meine 10.000 Gil werden ausreichen ...

Ich danke dir, aber ich brauche dein Geld nicht.

Danke.

Ich werde mir Mühe geben, nie darauf zurückzugreifen zu müssen.

Ich werde das Geld für dich verwahren.

Wenn du es brauchst, kannst du jederzeit zu mir kommen.

Verstehe ...

Stapf

Also dann …

Ich muss in eine Stadt, in der sich Gilden niedergelassen haben.

Die Gilde der Abenteurer hat Zweigstellen im gesamten Land.

Dort wird man mir sicher sagen können, wie ich in die königliche Hauptstadt gelange.

Doch zuallererst brauche ich eine andere Waffe.

Tsching

Ich kann nur hoffen …

… keinen Monstern zu begegnen.

Mit diesem lausigen Schwert hätte ich im Falle eines Kampfes keine Chance.

Ich glaube, er hat mich entdeckt!

In dem Moment, in dem er einen Feind entdeckt ...

... wird er in der Regel auch vom Feind entdeckt.

Die Fähigkeit, Feinde aufzuspüren, ist bei Novizen nicht sehr ausgeprägt.

Ich kann wohl von Glück sagen, dass ich nicht auf einen stärkeren Gegner gestoßen bin.

...

Der Name ist selbsterklärend. Ein Feind in Gestalt eines Wolfs.

»Wolf«.

In BBO zählen sie zu den schwächsten Gegnern.

Das ist mein erster echter Kampf in dieser Welt.

Ich muss trotzdem auf der Hut sein.

Zack

Wie man in *BBO* mit dem Schwert umgeht, weiß ich ...

... aber wichtiger war stets das spielerische Geschick.

Dasch

Fwoooh

... die ich in *BBO* trainiert habe, klug einsetze, kann ich es vielleicht schaffen.

Wenn ich alle Fähigkeiten ...

Selbst
ein Novize
auf Level 1
...

Krack

Groar

...
kann einen
Wolf be-
siegen.

Kritische Treffer kann man landen, wenn man den Gegner mit voller Wucht in idealem Winkel angreift.

Der Schaden ist um ein Vielfaches höher als normal.

Kritischer-Treffer-Korrekturmodus!

Wieder etwas gelernt.

Diese Technik funktioniert also auch hier. Dachte ich's mir doch.

Alle Skills, die ich mir bei *BBO* angeeignet habe, kann ich eins zu eins in dieser Welt anwenden.

Kapitel 2 – Auch in der Stadt fehlt es an Wissen

Ich bin erstaunt ...

... wie leicht mir der Angriff von der Hand ging.

Wenn man sieben von zehn Attacken in einen kritischen Treffer verwandeln kann, zählt man zu den besten Spielern.

Die Tatsache, dass mir gleich der erste Schlag geglückt ist, zeigt, wie sehr ich die *BBO*-Bewegungsabläufe verinnerlicht habe.

Wenn hier ...

... also alles nach der *BBO*-Logik funktioniert ...

Krrrk

Psch

Srrrt

... kommt jetzt das Ausweiden!

Krk

Krk

Viele Spieler kritisierten dies als abstoßend und mühsam. Die Gegner sollen doch einfach die Items droppen.

Sicher nicht das beliebteste Feature des Spiels.

Erledigte Gegner müssen ausgeweidet werden, um an ihre Items zu gelangen. Items benötigt man für neue Waffen oder Rüstungsgegenstände.

»Auto-Ausweiden«!

Ich frage mich, ob das auch hier funktioniert.

Daher wurde später der Skill »Auto-Ausweiden« hinzugefügt, mit dem die Gegenstände der Gegner automatisch eingesammelt werden können.

Hoffentlich funktioniert der nächste Schritt.

Eigentlich müsste sich der Gegner unmittelbar nach diesem Befehl in Luft auflösen.

Es passiert nichts.

O-Powah

»Reinigung«!

Okay, das hat funktioniert.

... aber nicht mit ihm identisch.

Das heißt, diese Welt ist dem Spiel zwar sehr ähnlich ...

Ilia

Das ist also Ilia ...

Hey, Fremder!

Hast du dich etwa verlaufen?

Ich möchte zur Gil- de.

Können Sie mir bitte sagen, wie ich dorthin gelange?

Lass mich raten! Ein adliger Bursche, der Abenteurer werden will, habe ich recht ...?

So ist es, mein Herr.

... kommt einem Todesurteil gleich, findest du nicht?

Dich so in die Welt hinauszuschicken ...

Dafür bist du aber ziemlich ärmlich ausgestattet.

Lass mich dir eines sagen.

Verstehe. Ein hartes Los ...

Ich bin das schwarze Schaf der Familie.

Zur Gilde geht es da lang.

Okay.

Perfekt!

Besser?

Viel Glück!

Auch die Abenteurer zu Hause haben sich nie besonders gewählt ausgedrückt.

Selbst nicht meinem Vater gegenüber, dem Provinzvorsteher.

Er hat recht.

Wenn ich darüber nachdenke, habe ich noch keinen Abenteurer erlebt, der sich durch eine höfliche Sprache ausgezeichnet hat.

Da wäre
ich also.
Das ist die
Gilde.

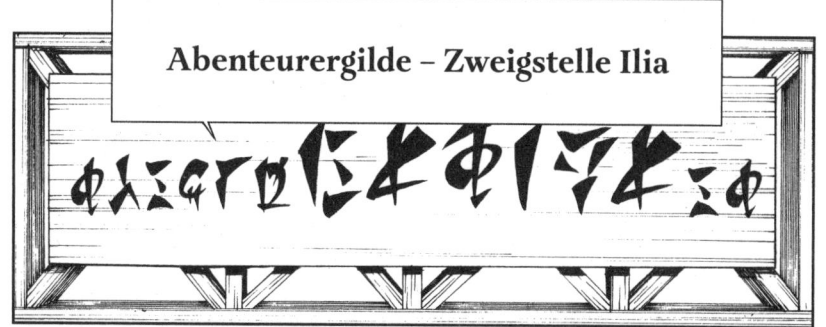

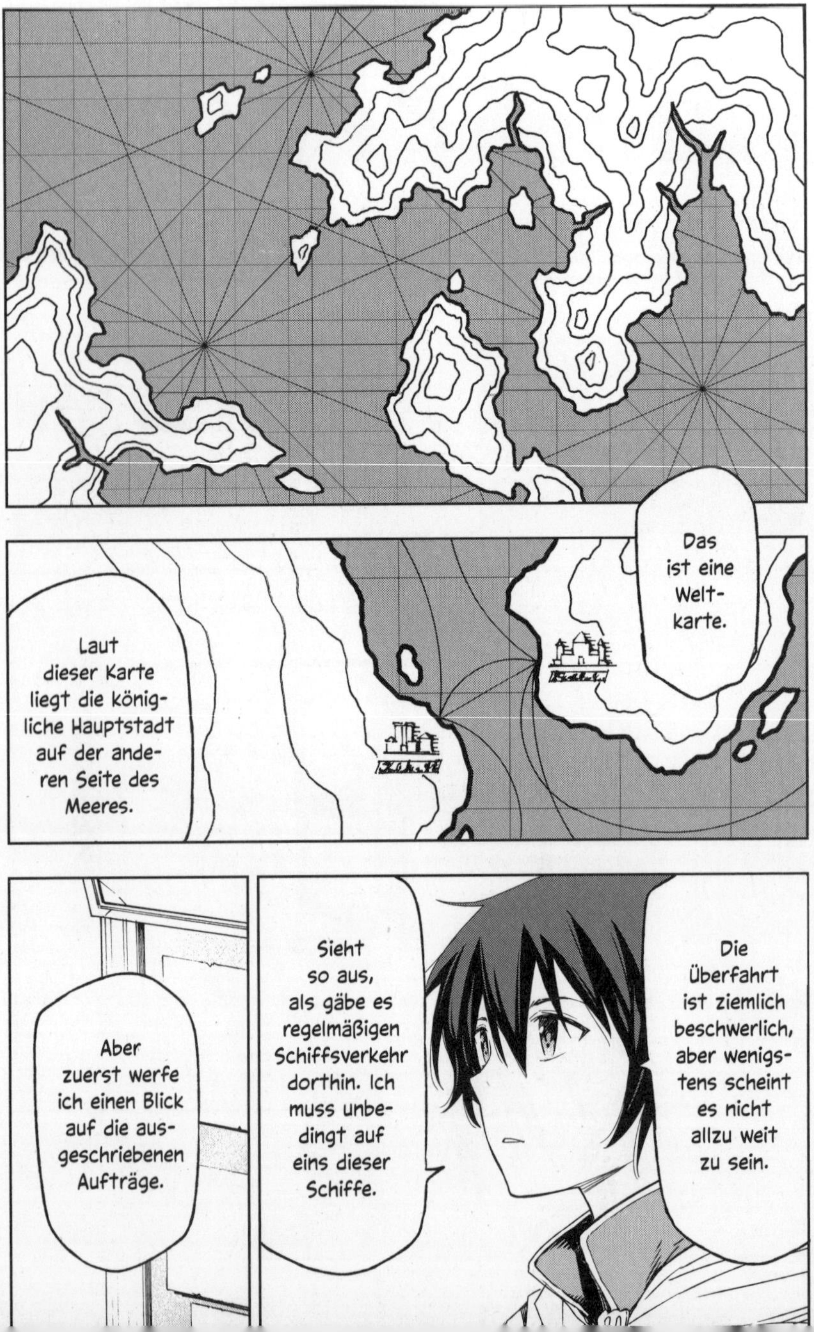

Das ist eine Weltkarte.

Laut dieser Karte liegt die königliche Hauptstadt auf der anderen Seite des Meeres.

Aber zuerst werfe ich einen Blick auf die ausgeschriebenen Aufträge.

Sieht so aus, als gäbe es regelmäßigen Schiffsverkehr dorthin. Ich muss unbedingt auf eins dieser Schiffe.

Die Überfahrt ist ziemlich beschwerlich, aber wenigstens scheint es nicht allzu weit zu sein.

So eine Übersicht ist praktisch, weil sie einem Aufschluss über die Gegner der jeweiligen Gegend gibt.

So kann ich meine nächsten Schritte besser planen.

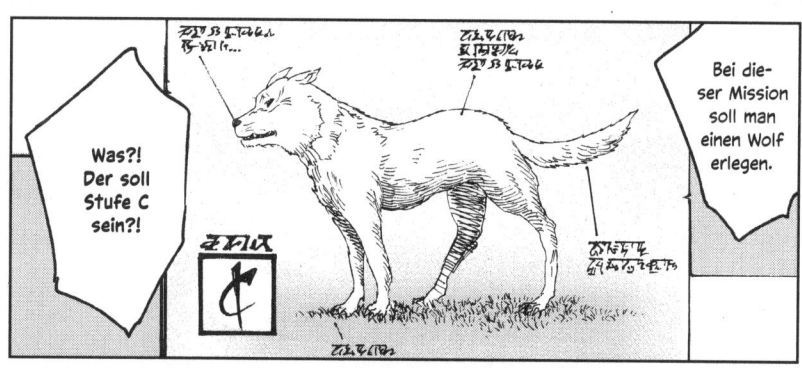

Was?! Der soll Stufe C sein?!

Bei dieser Mission soll man einen Wolf erlegen.

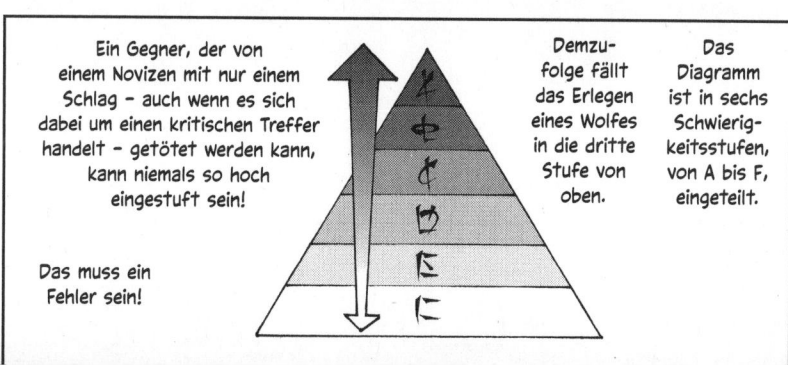

Ein Gegner, der von einem Novizen mit nur einem Schlag – auch wenn es sich dabei um einen kritischen Treffer handelt – getötet werden kann, kann niemals so hoch eingestuft sein!

Das muss ein Fehler sein!

Demzufolge fällt das Erlegen eines Wolfes in die dritte Stufe von oben.

Das Diagramm ist in sechs Schwierigkeitsstufen, von A bis F, eingeteilt.

Wildschwein

Trethase

Beißratte

Was sind das denn für Dinger?

Das ist der Schwierigkeitsgrad, in dem ich eigentlich den Wolf erwarten würde.

Mal sehen, welche Gegner unter F fallen.

Die dürften ziemlich schwach sein ...

... bin ich je bei *BBO* begegnet.

Keinem der Gegner aus E und F ...

Ich kann mir beim besten Willen nicht vorstellen, dass ein Wolf der drittschwierigste Gegner sein soll ...

So viele unbekannte Gegner. Wie soll ich da deren Stärke richtig einschätzen?

Wie soll ich unter diesen Umständen die richtige Entscheidung treffen?

Oh Mann ...

Ich werde erst mal die Reißzähne des erlegten Wolfs verkaufen.

TAPP

Lächel

Möchten Sie Items verkaufen?

Theresa –
Empfangsdame
der Gilde

Ja.

Ich möchte Reißzähne verkaufen, weiß aber nicht, wie das Tier heißt, von dem sie stammen.

Aber wie können Sie nicht wissen, welches Tier Sie erlegt haben?

Nun ja, ich schätze, das kann einem Anfänger schon mal passieren ...

Aber wissen Sie denn nicht, dass es gefährlich ist, sich auf einen Gegner einzulassen, den man nicht kennt?

Allerdings gibt es Auflagen, nach denen wir nur die Items bestimmter Gegner ...

... weiterverkaufen können. Ich kann Ihnen also nichts versprechen.

Nein, das ist nicht erforderlich.

Muss ich erst Mitglied werden, um Gegenstände verkaufen zu können?

Anfänger? Wenn du damit meinst, dass ich noch nicht in der Gilde registriert bin, hast du recht.

Domm

Die will ich verkaufen.

Am besten zeige ich sie dir einfach.

Aber das sind ja die Reißzähne eines Wolfs!

... ohne Mission hat der Verkauf eines Items bei der Gilde keinerlei Auswirkungen auf den Erfahrungswert.

Es kommt hin und wieder vor, dass jemand ein gekauftes Item bei uns veräußern möchte, aber ...

Sie haben diese Zähne doch irgendwo gekauft, stimmt's?

Sie haben mich also angeflunkert.

Das Tier, das ich erlegt habe, war also tatsächlich ein Wolf.

Aber warum verdächtigt sie mich irgendeines Fehlverhaltens?

Außerdem glaube ich sowieso nicht, dass ein derart schwacher Gegner dazu taugt, den Erfahrungswert zu steigern.

Auch die offizielle Gegnerliste der Gilde führt sie so auf.

Nein, wie kommen Sie darauf?

Dass Wölfe in Stufe C gehören, ist doch sicher ein Fehler, oder?

Nein, ich habe ihn heute selbst erlegt.

Derart große Stärkeabweichungen halte ich für ausgeschlossen.

Dann muss ich einem ungewöhnlich schwachen Wolf begegnet sein.

Aber was mich noch mehr überrascht, ist die außergewöhnlich schöne Aufbereitung der Zähne.

Auf Ihre Erfahrungswerte wird es zwar keinen Effekt haben ...

Wie viel bekomme ich dafür?

Mir ist egal, ob sie mir glaubt, dass ich den Wolf erlegt habe, oder nicht.

... aber für solche Zähne bieten wir normalerweise 32.000 Gil. Da diese in besonders gutem Zustand sind ...

Du nimmst sie doch, oder?

Mir geht es einzig und allein darum, an Geld zu kommen.

Das hat sich ja richtig gelohnt!

... biete ich Ihnen 34.000 Gil. Was sagen Sie?

Abzüglich der Prüfungsgebühr erhalten Sie damit 29.000 Gil.

Sehr wohl.

Einverstanden. Registriere mich!

Dafür müssen Sie eine einfache Prüfung ablegen. Diese würde Sie 5.000 Gil kosten.

Natürlich. Gerne.

Okay. Ich verkaufe.

Und ich möchte in die Gilde aufgenommen werden.

Wir sind aber der Meinung, dass es für beide Seiten das Beste ist, wenn ein Novize selbst zu der Erkenntnis kommt, doch lieber einen anderen Weg einzuschlagen.

Manche Gilden schließen Novizen von vornherein von der Prüfung aus.

Dann darf ich mich der Prüfung also unterziehen?

Bitte wählen Sie unter den aufgeführten Prüfungen eine aus.

Für jeden anderen als einen Novizen jedenfalls.

Ist sie auch.

Aber hast du nicht gesagt, die Prüfung wäre einfach?

Für jede dieser Prüfungen benötigt man ständespezifische Skills.

Jetzt verstehe ich. Für einen Novizen ohne Skills ist es so gut wie unmöglich, zu bestehen.

Welche, spielt keine Rolle. Sie sind alle gleichwertig.

»Sieg gegen den Prüfer in einem Schwert-zweikampf.«

Wenn ich in einer Prüfung auch nur den Hauch einer Chance habe ...

... dann in dieser.

Ich bin nur ein schwacher Novize. Ich besitze keine Skills, die mir in einem echten Zweikampf nützlich wären.

Zugegeben. Die Anforderungen sind hoch.

Was soll's? Wenn ich verliere, bin ich eben 5.000 Gil los.

Ich muss es wenigstens versuchen.

Selbst mit all meiner Kampf-erfahrung aus *BBO* ...

∞ glaube ich nicht, dass ich gegen einen erfahrenen Schwertkämp-fer gewinnen kann.

Noch dazu bin ich gerade einmal auf Level 1.

In Ordnung.

Ich habe meine Wahl getroffen.

Die Prüfung findet auf dem Übungsplatz statt.

Bitte warten Sie hier.

Tapp

Klack

Bitte treten Sie ein!

Vielen Dank für Ihre Geduld.

Ein Novize, der sich für einen Abenteurer hält ...

... würde sein Leben sinnlos aufs Spiel setzen.

Dich gewinnen lassen?

Tut mir leid. Das kommt nicht infrage.

Meine Aufgabe ist es, genau das zu verhindern.

Ein Hieb von ihm und der Kampf ist gelaufen.

Ohne wirksame Verteidigung werde ich gezwungen sein, mich zu ergeben.

Oje, am liebsten würd ich gar nicht mehr antreten ...

Er ist bestimmt auf einem mindestens zehnmal höheren Level als ich.

Aber wo ich schon mal hier bin, kann ich es auch einfach versuchen.

Okay ...

Aber versuch bitte, mich nicht zu verletzen.

Wupp

Keine Sorge.

Ich bin ein erfahrener Trainer.

Grapp

Du wirst höchstens ein paar Kratzer davontragen!

Fling

Soll ich mir auch eins der Schwerter dort aussuchen?

Nein.

Ich sollte mich besser nicht darauf verlassen, dass er milde mit mir umspringt ...

Aber meins hat eine echte Klinge!

Macht nichts.

Du triffst mich sowieso nicht.

Du kannst das Schwert benutzen, an das du gewöhnt bist.

Tu dir keinen Zwang an!

Ich möchte lieber ein Holzschwert benutzen.

Darf ich mir eins nehmen?

Zisch

In Kämpfen, bei denen man den Gegner nicht töten muss, sind sie die bessere Wahl.

Holz- schwerter haben den Vorteil, dass sie leicht sind.

Das hier ist perfekt.

Ja.

Hast du dich für eins ent- schieden?

Also schön.

Dann lass uns anfangen!

Ich werde als Kampf-richterin fungieren.

Kontra-henten!

Seid ihr bereit?

Ich bin bereit!
Ich auch.
Es kann losgehen!
Die Aufnahmeprüfung für die Abenteurergilde beginnt …
… jetzt!

Tapp

Tapp

Es gibt nur
eine Möglichkeit, ihn
zu besiegen. Und zwar,
wenn er eine Skill-
Attacke ausführt.

In Sachen
Stärke bin ich
ihm haushoch
unterlegen.

Zieht er
zum Beispiel
sein Schwert,
um zu einem
»Power Slash«
anzusetzen, ist
er für circa
0,5 bis 0,7
Sekunden ver-
wundbar.

Die Skill-
Attacken von
Schwertkämpfern
besitzen größere
Schlagkraft als
reguläre Hiebe.
Die Kehrseite ist,
dass der Käm-
pfer während der
Attacke seinen
Bewegungsablauf
nicht ändern
kann.

Ah,
verstehe.

Das war ver-
mutlich Absicht.
Er wollte mir diese
Chance eröffnen.

WaPP

...
verdiene
ich es, durch-
zufallen.

Wenn
ich bei einem
derart leichten
Ziel keinen kriti-
schen Treffer
landen kann
...

D...

Das genügt!

Habe ich etwa gewonnen ...?

Das habe ich nur dem Prüfer zu verdanken, weil er mich hat gewinnen lassen.

Hm?

Ein Novize ohne Skills! Wie ist das möglich ...?

D... Dein Hieb ... ... hat mich durch die Luft geschleudert!

Er gibt sich wirklich Mühe, es glaubhaft rüberzubringen.

... ist echt ein netter Kerl.

Vielen Dank.

Der Prüfer ...

Ich habe verloren. Daran gibt es nichts zu deuteln.

Ver-stehe ich es richtig, dass ich die Prüfung be-standen habe?

Sag mal, wo hast du gelernt, so mit dem Schwert umzuge-hen?

Kapitel 3 – Wie ich von lukrativen Jagdgründen erfuhr

Ich kann ja wohl schlecht sagen, dass ich es bei einem Online Game gelernt habe, das ich vor meinem Tod gespielt habe.

Ich hab's mir selbst beige-bracht.

Meine Freunde und ich haben Nächte damit verbracht auszutesten, wie man das Schwert am effizientesten einsetzt. Ich schätze, das kommt mir nun zugute.

Die Spielfigur wurde nicht müde und ich zog mir kei-ne echten Verletzungen zu. Also konnte ich so viel und so lange üben, wie ich wollte.

Ach was! Ich habe nur gewonnen, weil du es mir einfach gemacht hast.

Hättest du Ernst gemacht, hätte ich das nie gepackt.

Ganz alleine? Respekt ...

Man lernt wohl nie aus. Wer hätte gedacht, dass ein Novize mich einmal so durch die Luft schleudern würde!

Ja.

Deine Guard-Crush-Attacke eben war doch Absicht, oder?

Einfach gemacht ...?

Offenbar will er es bis zum Schluss durchziehen, damit niemand mitbekommt, dass er mich hat gewinnen lassen.

Er sieht mich an, als wisse er wirklich nicht, was ich meine.

Kicher

Ich weiß nicht, wovon du redest ...

Kapitel 3 – Wie ich von lukrativen Jagdgründen erfuhr

Zuerst erkläre ich Ihnen die wichtigsten Grundsätze, die ein Abenteurer befolgen muss.

Sehr gerne.

Doch. Schieß los!

Das sind die drei Gebote eines Abenteurers.

»Befolgung der jeweiligen Landesgesetze am Einsatzort.«

»Keine Weitergabe von Geheimnissen, die man von seinem Auftraggeber erfahren hat.«

»Keine unwahren Berichte an die Gilde.«

Falls ein Verbrechen vorliegt, sind auch rechtliche Konsequenzen gemäß Reichsstrafgesetz möglich.

Entzug der Lizenz, Ausschluss aus der Gilde, Wiederaufnahmeverbot und so weiter.

Die Zuwiderhandlung zieht eine Strafe nach sich, die sich nach der Schwere des Verstoßes richtet.

Was passiert, wenn ich dagegen verstoße?

Und ich muss wirklich nur diese drei Gebote einhalten, richtig?

Das sind ziemlich strenge Sanktionen ...

Im schlimmsten Fall ...

... droht die Todesstrafe!

Was ist mit dringenden Missionen? Bin ich gezwungen, diese anzunehmen?

Bei *BBO* gab es dieses doofe System, bei dem man gezwungen war, dringende Missionen anzunehmen.

Wenn es das hier auch gibt, könnte das durchaus meine Mitgliedschaft in der Gilde gefährden.

Die drei Gebote sind das Einzige, an das Sie sich halten müssen.

Niemand wird gezwungen, eine Mission anzunehmen. Auch nicht, wenn es dringend ist.

... sind Erfüllungsdaten und Strafzahlungen.

Weitere Punkte, über die Sie Bescheid wissen müssen ...

Gut.

Okay, du kannst weitererzählen.

Was passiert, wenn ich eine Mission zwar innerhalb der vorgegebenen Zeit erfülle, aber erst nach Ablauf des Erfüllungsdatums darüber Bericht erstatte?

Strafzahlungen sind Zahlungen, die Sie leisten müssen, wenn Sie das Auftragsziel verfehlen.

Bei manchen Missionen drohen im Falle des Scheiterns sehr hohe Verluste. Überlegen Sie sich also gut, welche Mission Sie annehmen.

Ein Erfüllungsdatum ist das Datum, zu dem ein Auftrag abgeschlossen sein muss.

Gelingt es Ihnen nicht, Ihren Auftrag innerhalb der vorgegebenen Zeit abzuschließen, gilt dies als Verfehlung des Auftragsziels.

In der Auftragsbeschreibung wird der Einsatzort berücksichtigt und das Erfüllungsdatum entsprechend festgelegt.

Wenn Sie eine Mission erfüllen ...

... sich aber erst nach Ablauf der Frist zurückmelden, haben Sie das Auftragsziel verfehlt.

Sollten Sie irgendwann einmal eine Frage haben, können Sie sich jederzeit an mich wenden.

Ich gebe Ihnen eine Kopie der Gildenordnung mit.

Das war's auch schon.

Dann kann ich jetzt mit der Recherche beginnen.

Wo kann ich eine Gegnerliste und Lehrbücher über Kampfkunst erhalten?

Fürs Erste sollte ich klarkommen.

Hier in der Gilde! Sagen Sie mir nur, was genau Sie suchen.

Sie dürfen sie allerdings nicht mitnehmen.

Dafür müssten Sie sie entweder kaufen oder Sie fertigen sich eine Abschrift an.

Okay.

Dann hätte ich gerne die Gegnerliste und die unter Abenteurern beliebtesten Lehrbücher.

Lassen Sie mich kurz nachdenken ...

... kann ich diese beiden Bücher empfehlen.

Zur Erkundung der näheren Umgebung ...

Gegner in der Umgebung von Ilia

Zuerst werfe ich einen Blick auf die Gegnerliste.

Ziemlich dünn ...

Es gibt nicht viele Abenteurer, die gerne lesen ...

Danke.

»Trethase«, »Beißratte« und »Sandmaulwurf«.

Die Gegner der Stufe F sind mir alle völlig unbekannt.

Die aus E und D habe ich auch noch nie gesehen.

Blätter

ぱらっ

Vampir-
fledermaus

Wolf

Die hier
gehören
zu Stu-
fe C.

Aber die
sind doch
alle ganz
leicht zu
besiegen!

Skorpion

Soll das
ein Witz
sein?!

Die
gehören
niemals
in C ...

Vielleicht
fallen die für
einen Abenteu-
rer adäquaten
Gegner in dieser
Welt alle un-
ter A ...

!

Bei *BBO*
bringt der
höchstens
einen Anfän-
ger in Be-
drängnis!

Und der
Rasende
Wolf soll
Stufe B
sein?

Ich Glückspilz!

In dieser Region scheint es nur äußerst schwache Tiere zu geben.

Die Seite mit den Stufe-A-Gegnern ...

... ist leer.

Heißt das, in dieser Gegend gibt es keine A-Gegner?

Lehrbuch der Kampfkunst für Abenteurer – Von den Grundlagen bis zur Meisterklasse

Dann schaue ich mir jetzt das Lehrbuch der Kampfkunst an.

Fortgeschrittene

»Gegnerortung, Attacken und Timing, Erkundung der Dungeons etc.«

Fällt alles unter Grundlagen. Kann ich überspringen ...

Anfänger

»Waffengebrauch, Zaubersprüche der einzelnen Stände, die ersten Gegner ...«

Kann ich überspringen ...

Grundlagen

»In diesem Kapitel wird erklärt, wie man sich Waffen beschafft und wie man Items sammelt ...«

Kann ich überspringen ...

Huch
...?

Das gehört auch noch zu den Grundlagen. Kann ich über...

»Meisterklasse.

Positionierung bei mehreren Gegnern und wie man eine feindlich gesinnte Person in Erwartung einer Attacke anvisiert«.

Wo ist das Kapitel zu den wirklich wichtigen Funktionen wie dem Anvisieren im Zweikampf, kritischen Treffern oder dem Vorhersagen bestimmter Moves?

Das war's! Das war das letzte Kapitel.

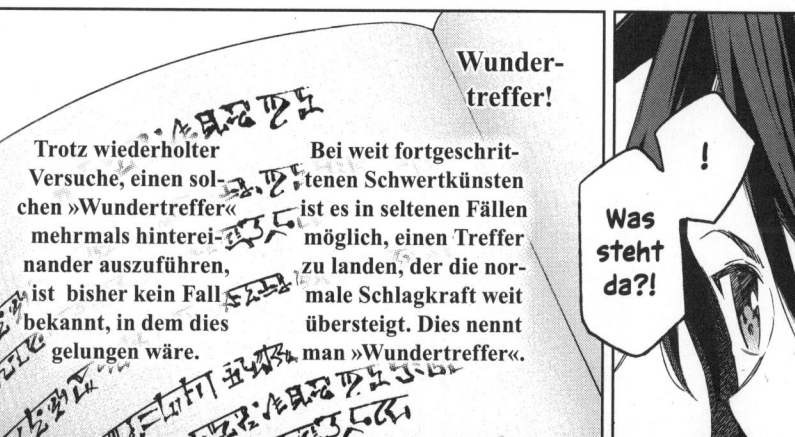

Wundertreffer!

Trotz wiederholter Versuche, einen solchen »Wundertreffer« mehrmals hintereinander auszuführen, ist bisher kein Fall bekannt, in dem dies gelungen wäre.

Bei weit fortgeschrittenen Schwertkünsten ist es in seltenen Fällen möglich, einen Treffer zu landen, der die normale Schlagkraft weit übersteigt. Dies nennt man »Wundertreffer«.

!

Was steht da?!

... im Stande war, eine von fünf Attacken als Wundertreffer auszuführen.

Hier steht, dass Guillouard, der mächtigste Abenteurer aller Zeiten ...

Was?

Wie kann der Beste nur bei 20% seiner Angriffe einen kritischen Treffer landen?!

Das klingt eher nach der Trefferquote eines Anfängers!

In dem Moment, in dem die Klingen sich berühren, muss man die Intensität des Schlages ein klein wenig zurücknehmen.

Das ist der einfachste und sicherste Weg, einen kritischen Treffer zu triggern.

Ist es möglich, dass die Bewohner dieser Welt ...

... keine Ahnung haben, wie man einen kritischen Treffer ausführt?

Wenn die Leute noch nicht einmal diese Basics kennen ...

Aber wenn man das nicht weiß, kommt die Quote von 20% hin.

... verstehen sie von allem anderen sicher auch nicht viel.

Das heißt dann wohl, die Gegnerliste ist ebenfalls unbrauchbar.

Das kann nicht sein. Bestimmt schreibt man in der Welt höheres Wissen nur nicht in Büchern nieder.

Bücher sind unter Abenteurern sowieso nicht beliebt.

In die Hauptstadt?!

Ich möchte in die königliche Hauptstadt. Kannst du mir sagen, wie ich dorthin komme?

Da wäre noch etwas ...

Waren die Bücher hilfreich?

Ich kann ihr unmöglich sagen, dass da nur Anfängerkram drinsteht ...

Danke. Sie waren sehr aufschlussreich.

Nun, von der Hafenstadt Minatan aus fahren regelmäßig Schiffe in die Hauptstadt. Das wäre der einfachste Weg.

Die Überfahrt für Normalbürger kostet allerdings ein Vermögen.

Ja, die Schiffe sind eigentlich hohen Gildenmitgliedern und Amtsträgern vorbehalten.

Normalbürger dürfen zwar mitfahren, aber Tickets sind nicht unter 3 Millionen Gil zu haben.

»Normalbürger«?

Sie können entweder Ihren Status aufbessern, indem Sie sich einer Adelsfamilie anschließen, oder Sie versuchen, von einem Handelsunternehmen mit Verbindungen in die Hauptstadt aufgenommen zu werden.

Eine weitere Option wäre, sich um eine Führungsposition in der Gilde zu bewerben. Dann könnten Sie umsonst mitfahren.

Gibt es noch andere Optionen?

Danke ...

Dann fang ich wohl besser an, zu sparen ...

Oder Sie schwimmen.

Ich möchte eine Mission annehmen.

Was empfiehlst du einem Anfänger wie mir?

Solange ich nicht weiß, wie stark die Gegner in dieser Welt tatsächlich sind ...

Bis zur Hafenstadt scheint es nicht weit zu sein.

AKTUELLER AUFENTHALTSORT: ILIA

... wird es das Klügste sein, ich versuche, mir Geld mit Missionen im Einzugsgebiet der Stadt zu beschaffen. Und ganz nebenbei kann ich dadurch weitere Informationen zu den Gegnern sammeln.

ZIELORT: MINATAN

Sie suchen eine angemessene Mission? Für Sie selbst, richtig?

Für wen sonst?

Kann ich eine Mission der Stufe E annehmen, auch wenn ich nur Level F bin?

Ja, denn bei dieser Mission gibt es diesbezüglich keine Vorgaben.

Wenn das so ist, wie wäre es hiermit?

Erlegung eines Niederen Wolfs

Strafzahlung bei Nichterfüll
Erfüllungsdatum: 10 Tage n

»Stufe E«

Belohnung: 7.000 Gil pro Kop

ニッコリ

Grins

Das liegt natürlich am erhöhten Schwierigkeitsgrad.

Normalerweise bekommt man für einen erlegten Wolf höchstens 4.000 Gil.

Dem Schwierigkeitgrad nach handelt es sich nämlich um eine Mission der Stufe D.

Warum ist die Belohnung bei dieser Mission so hoch?

Ich will nichts überstürzen. So eilig habe ich es auch wieder nicht.

Ich möchte eine einfache Mission.

Hä ...?

Okay. Abgelehnt.

Ich habe nur gewonnen, weil er mich hat gewinnen lassen.

Und der Wundertreffer war reiner Zufall.

Sie haben gegen den Prüfer gewonnen. Mit einer F-Mission sind Sie doch völlig unterfordert!

war das wirklich ein Wundertreffer?!

Der einzige Zweck der Aufnahmeprüfung ist es, Novizen durchfallen zu lassen. Warum sollte er Sie also absichtlich gewinnen lassen?

Dann ...

Zufall hin oder her. Allein die Tatsache, dass Sie den Wundertreffer landen konnten, bedeutet, dass Sie zu den fortgeschrittenen Kämpfern zählen!

Ja.

Nur durch einen Wundertreffer kann ein Novize einen Prüfer derart durch die Luft befördern.

Also gut. Ich denke, diese Mission ist genau das Richtige für Sie!

FLAPP

Einen solchen Treffer nur hin und wieder versehentlich zu triggern, ist doch keine Kunst. Das kann doch jeder, oder?

Hm? Um als kritischer Treffer zählen zu können, sind Absicht und Planung unabdingbar.

»Stufe C«

Ich muss mir selbst was suchen.

Es hat keinen Zweck. Auf Theresa ist kein Verlass.

Ding

Hm ...

»Erlegung eines Trethasen. Stufe F. Belohnung: 1.500 Gil pro Kopf«.

Das sollte für den Anfang genügen.

Also gut. Ich kümmere mich um den Papierkram.

Ich kann Sie wohl nicht umstimmen.

Im äußeren Stadtwald von Ilia gibt es nur Trethasen. Relativ ungefährlich also.

Hier sind die fertigen Formulare.

Bereiten Sie sich so gründlich wie möglich auf die Mission vor.

... aber trotzdem wachsam!

Seien Sie ...

Das sind genau die Informationen, die ich haben will.

Natürlich!

Okay.

Kannst du mir noch sagen, wie ich hinkomme?

Na, bitte. Es geht doch, Theresa!

Klack

Du bist der Wunderknabe von eben, richtig?

Hey!

Hast du etwa schon eine Mission zu erfüllen?

... aber mit der Mission hast du recht.

Ein Wunderknabe bin ich zwar nicht ...

Ich muss im äußeren Stadtwald von Ilia einen Trethasen finden.

Die Empfangsdame sagte, der Wald sei ungefährlich, weil es dort nur Trethasen gebe.

Sie wollte mir zuerst eine schwierigere Mission andrehen. Aber ich habe mich für etwas Leichteres entschieden.

Exakt.

Einen Trethasen im äußeren Stadtwald von Ilia ...?

Soso ...

Danke.

Na dann, viel Erfolg!

WUPP

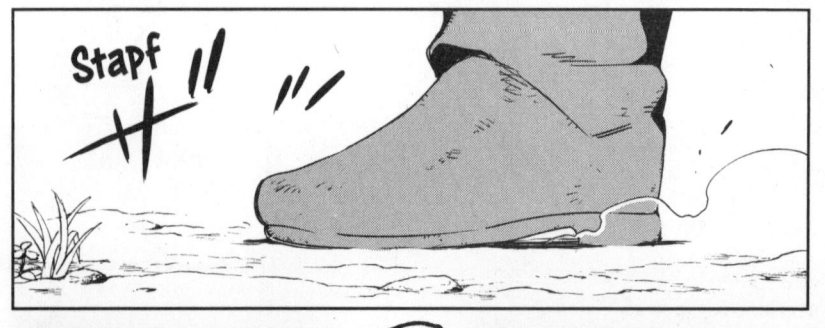

Stapf

Ein
Novize
...

...
darf selbst
einen Tret-
hasen nicht
auf die leich-
te Schulter
nehmen.

Das ist
also der
äußere
Stadtwald
von Ilia.

Das glich eher einem Wolf. War das etwa ein Niederer Wolf?

Das sah nicht wie ein Hase aus.

Irgendetwas ist hier faul.

War das gerade ein Trethase?

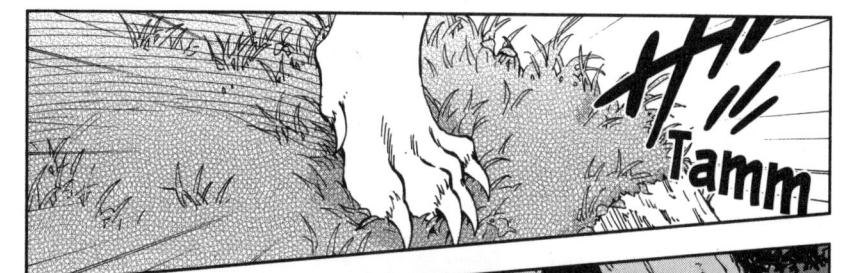

Tamm

Der Wald ist überhaupt nicht sicher!

Sie hat mich zum Einsatzort der Mission geschickt, die sie mir ursprünglich vorgeschlagen hat. Nämlich einen Niederen Wolf zu erlegen.

Die Angestellte hat mich ausgetrickst!

Und zum Weglaufen ist es auch zu spät.

Diese Erkenntnis nützt mir nun auch nichts mehr.

Ich zähle sechs Gegner.

Mir bleibt nichts anderes übrig, als mich dem Kampf zu stellen!

Und alle rennen geradewegs auf mich zu.

Ziusch

Flatsch

Fwoooh

?!

Ko-
misch!

Ich
...

... fühle
mich auf
einmal so
leicht.

Vielleicht
ein Indiz
dafür
...

... dass ich
einen neuen
Level erreicht
habe?

Kapitel 4 - Der Feind rückt im Rudel an

WUPP

Versteht die Gilde ...

... etwa das unter einem »Tretha-sen«?

Im Tretha-senwald ...

... dürfte es gar keine Niederen Wölfe ge-ben.

Das verstehe ich nicht.

Was?

Die Bezeichnung »Trethasenwald« höre ich zum ersten Mal.

Ich bin mir ganz sicher, dass ich ausdrücklich den »Trethasenwald« vorgeschlagen habe ...

... sind Sie vielleicht fälschlicherweise in den äußeren Stadtwald von Ilia gegangen.

Aber wenn Sie auf Niedere Wölfe gestoßen sind ...

Immerhin konnte ich die Mission ...

Ich muss doch hoffentlich keine Strafe zahlen, oder?

Genau. Dann muss ich wohl im äußeren Stadtwald von Ilia gewesen sein.

Sie stellt sich dumm.

Schon klar.

... wegen eines Missverständnisses nicht erfüllen. Stornier sie bitte.

Na gut ...

Ich verzeihe ihr.

Hätte ich den Trethasen erlegt, hätte ich nur 9.000 Gil bekommen.

Wow ...!

Ende gut, alles gut!

Theresa scheint in Ordnung zu sein.

Sie hat meine Stärke richtig eingeschätzt und sicher nur das Beste für mich gewollt, als sie mir die Mission zugeteilt hat.

Aber sicher!

Gibt es jeden Tag Missionen, bei denen Niedere Wölfe zu erlegen sind?

Ich bin dankbar für die unerwartet auskömmliche Mission.

Klack カ゛ル チ゛ャ

Am nächsten Tag

Hereinspaziert!

Wie kann ich Ihnen behilflich sein?

Tschack

Ich suche ein kurzes Schwert, das besser zu mir passt.

Um die Missionen erfolgreich durchführen zu können ...
... benötige ich eine Waffe, mit der ich meinen niedrigen Level kompensieren kann.
Diese hier sind alle nicht das Richtige ...
Haben Sie nicht etwas Besseres da?
Tschack
Wie wäre es hiermit? Es ist zwar etwas teurer, aber von guter Qualität!
Kann ich es einmal ausprobieren?
Klack
Selbstverständlich!

Ein gutes Schwert!

Zing

Ausgezeichnet!

Ich nehme es.

Bei diesem Schwert muss ich mir keine Sorgen machen, dass es im Kampf zerbricht.

Also, ab an die Arbeit!

Das hat mich fast mein gesamtes Geld gekostet.

Kann ich heute wieder eine Mission annehmen, bei der Niedere Wölfe erlegt werden sollen?

Aber ja!

Die maximale Obergrenze für diese Mission liegt bei 32 erlegten Wölfen.

Natürlich können Sie darüber hinaus so viele Gegner töten, wie Sie möchten ...

... nur erhalten Sie für alles oberhalb der maximalen Grenze keine Belohnung.

Ja, das ist die Anzahl an Gegnern, für die Sie eine Belohnung erhalten.

Die Obergrenze?

Dann hat es keinen Sinn, das Missionsziel zu übererfüllen.

So ist das also.

Hä?

Aber 32 Wölfe könnten Sie noch erlegen!

Ach so.

Dann wähle ich lieber eine andere Mission.

Danach müsste ich erst einmal wieder hierher zurück. Das kostet mich zu viel Zeit.

Am besten, ich nehme gleich zwei Missionen an.

Tapp

Für 32 Wölfe brauche ich knapp zwei Stunden.

Mittlerweile sollte ich mich auf Stufe E hoch-gelevelt haben.

Wenn ich mir keinen allzu schweren Gegner aussuche, müsste ich es schaffen.

Für so viele Wölfe ...

... benöti-gen Sie nur zwei Stunden ...?

Erlegung von
Spießmäusen – Stufe E

Belohnung pro Kopf:

4.000 Gil

Maximale
Obergrenze:

546

Das hier ist perfekt!

Erlegung von Spieß-mäusen!

Diese Mission ist wie für Sie gemacht, Herr Eld.

Eine ausge-zeichnete Wahl!

Diese Mission soll es sein.

Also, bis später!

Ich frag mich ...

... ob ich hier rich-tig bin ...

Dieser Ort passt gar nicht zu Theresas Be-schreibung.

Meinte sie nicht, dass der Wald der Spieß-mäuse gute Sicht-verhältnisse hat ...?

Du
wirst
mein
erstes
Opfer.

Eine
Spießmaus!
Dann bin ich
also doch
richtig!

Selbst-heilung!

Powah

Denn ein Novize muss darauf achten, die wenigen Magiepunkte, die er besitzt, nicht zu vergeuden.

... ist das Timing.

... sich auf den Gegner zu fokussieren ...

Es gilt, einen kühlen Kopf zu bewahren ...

Fwump

276 Stück?!

Warum ist sie über-rascht....?

Sie wusste doch, dass es um Spießmäuse ging. Außerdem hör ich sie noch sagen, wie gut die Mission zu mir passe.

Hm?

Nein, das ist nicht normal!

Das ist doch normal bei diesem Gegner!

Spießmäuse treten doch immer im Rudel auf, oder nicht?

Ist es nicht?

Sie sind bekannt dafür, sich zusammenzurotten.

Aber nicht im dreistelligen Bereich!

Aber ich dachte, das sei der Grund, warum man sie überhaupt als E-Gegner einstuft!

... stammt dieser Stachel von einer Kampfspießmaus!

Wenn mich nicht alles täuscht ...

!

Moment mal!

... während die Kampfspießmaus unter C fällt!

Die normale Spießmaus ist ein Stufe-E-Gegner ...

Allerdings! Einen sehr großen sogar.

Gibt es da einen Unterschied?

Einen Angriff von Kampfspießmäusen überlebt man normalerweise nicht ohne Hilfe.

Darüber machen Sie sich Sorgen?

Dann habe ich das Auftragsziel wohl verfehlt, oder?

Allerdings nehmen wir die Items von Kampfspießmäusen zu einem höheren Preis in Zahlung!

Natürlich nicht!

Zählen die erlegten Kampfspießmäuse denn für diese Mission?

Tja, ist jetzt wohl eh zu spät.

Und jetzt ...?

Ich kann mich gar nicht mehr daran erinnern, wann ich das letzte Mal eine Belohnung in Platinmünzen ausgezahlt habe.

Ja, das kommt hin.

Sind das etwa Platinmünzen?

Eine davon dürfte so um die 1 Million Gil wert sein.

Sie geraten sonst sofort ins Visier von Dieben.

Folgen Sie meinem Rat und lassen Sie sich damit besser nicht in der Stadt sehen.

Im Großen und Ganzen ist es hier sicher.

Es gibt Diebe in der Stadt ...?

Und ich bin zuversichtlich, dass Sie sich sehr gut zur Wehr setzen könnten, sollte man Sie angreifen.

Dapp タニタッ

Herr Eld!

Eins muss ich noch loswerden!

Ah!

Also ...

Bis dann!

... dass ich Sie bei der Mission mit dem Trethasen angeschwindelt habe!

Es tut mir leid ...

Verbeug

Mach dir darüber keine Gedanken.

Aber zieh das besser nicht mit jemand anderem ab.

Ach, das ...

!

Nicht, dass dir das mal jemand übel nimmt.

Okay!

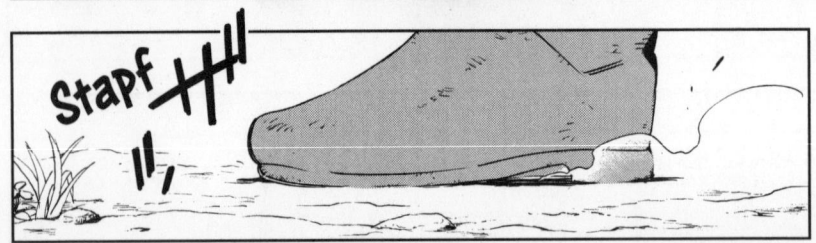

Stapf ✝✝✝✝

Also dann ...

Auf in die Hafen-stadt!

Hafenstadt
Minatan

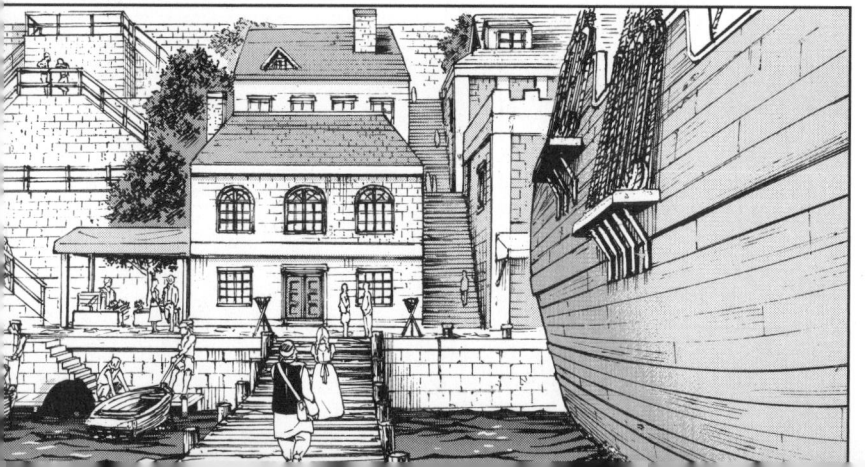

Wo kriege ich Tickets für die Überfahrt in die Hauptstadt?

Bei der Maxia Handelsgesellschaft.

Aber die kosten ein Vermögen!

Das ist also die Hafenstadt Minatan.

Okay, vielen Dank.

Um die 3 Millionen Gil, oder?

Ja, genau.

Haben Sie ein Empfehlungsschreiben?

Ich hätte gern ein Ticket.

Schalter für Schiffstransfers in die Hauptstadt

Nein, habe ich nicht.

Reicht das?

Dann also zum Normalbürgertarif.

Selbstverständlich.

Das macht 3 Millionen Gil. Haben Sie so viel dabei?

Ich verstehe. Sie nehmen mich auf den Arm ...

Oh, nein. Ich bin nur ein kleiner, unbekannter Niemand.

Sind Sie womöglich so etwas wie eine Berühmtheit unter den Abenteurern?

Nun denn! Welche Fähre darf ich für Sie reservieren?

Schaaah

Die Überfahrt dauert drei Stunden.

Ist das nicht ...

Flapp

Bwïïï

!

Das Schiff wird vermutlich mithilfe dieses Steins navigiert.

Das muss ein »Stein der Gewässerüberquerung« sein. Ein Relikt aus vergangener Zeit.

Wieder ein Fehlschlag.

Vielleicht hast du die Ziehzeit nicht beachtet?

Nein, ich habe es genau nach Anleitung gemacht.

Ein falsches Mischverhältnis vielleicht?

Wie bitte ...?

Ver- sucht ihr, Hellgrüne Geistertink- tur herzu- stellen?

Was haben Sie da gerade gesagt ...

... Herr Aben- teurer?

Ob ihr versucht, Hellgrüne Geistertink- tur herzu- stellen.

Das versucht ihr doch, stimmt's?

Kapitel 5 - Es fühlt sich wie ein Hinterhalt an

Blubb
Blubb
Blubb

Fertig!

Die
Tinktur!
Endlich!

Ich bin
erleichtert,
dass ich es
hinbekom-
men habe.

Fräulein
Mina ...!

Aber lang-
sam wüsste ich
gerne, wer diese
beiden Mädchen
eigentlich sind.

Tapp
Tapp
Tapp

Als ich ihr während des Brauprozesses sagte, dass mehr Blätter des Heiligen Baumes benötigt werden, hat sie mir sofort welche gebracht.

Haben Sie vielen Dank!

Hier ist Ihre Belohnung.

Die Blätter sind unfassbar selten und teuer.

Die Tinktur ist eigentlich noch mehr wert ...

... aber anstelle von Geld gebe ich Ihnen diese Karte.

Ist das nicht zu viel?

Nein, ist schon in Ordnung.

Immerhin haben Sie gleich zwei Portionen der Tinktur angerührt.

Diese Karte weist aus, wem die Maxia Handelsgesellschaft und die Große Handelsvereinigung der königlichen Hauptstadt ihr Vertrauen schenken.

Sie ist für Freunde der Maxia Handelsgesellschaft.

Was ist das?

Bist du sicher, dass du mir einen derart wertvollen Gegenstand schenken willst?

Das Vertrauen der Maxia Handelsgesellschaft?

Was ...?

Präsidentin ...?

Dieses Mindestmaß an guter Menschenkenntnis ist unverzichtbar für die Präsidentin einer Handelsgesellschaft.

Aber ja doch. Ich höre es den Leuten nämlich an der Stimme an, ob sie vertrauenswürdig sind oder nicht.

Ich fühle mich geehrt, Ihr Vertrauen zu genießen, Frau Präsidentin.

Sie ist ein hohes Tier ...

Echt jetzt?

Ich habe zu danken. Ohne Ihre Hilfe würden wir die Tinktur jetzt nicht in Händen halten.

Haben Sie vielen Dank.

Eld.

Sagen Sie ...

Wie ist eigentlich Ihr Name?

Ich hoffe, wir sehen uns irgendwann wieder.

Eine angenehme Weiterreise ... ... Eld!

Ich auch.

Finde heraus, um was es sich handelt.

Jawohl!

Wir sollten aber auf Nummer sicher gehen.

Dieses Schiff ist robust genug gebaut, um Angriffe uns bekannter Gegner zu überstehen.

?!

Der Seedrache.

Ein im Wasser lebendes Ungeheuer, das bei Weitem stärker ist als beispielsweise ein Wolf der Stufe C.

Er attackiert seine Gegner, indem er versucht, sie mit seinem spitzen, tentakelartigen Speerarm zu durchbohren.

Für einen Novizen wie mich ...

... genügt ein einziger Treffer und es ist aus.

Alle anderen gehen im Inneren des Schiffs in Deckung!

Alle, die kämpfen können, sollen sich an Deck versammeln!

Das Schiff hält gegnerischen Angriffen stand, oder?!

Nicht dem eines Seedrachen!

Wamm

Scheint, als hätte er es auf den Hauptmast abgesehen.

Und was machen wir jetzt?

Es gibt nichts, was wir tun könnten.

Wenn der Mast bricht ...

... und wir den Stein der Gewässerüberquerung verlieren, wird das Schiff sinken.

...

Mir bleibt wohl keine andere Wahl.

Wer von euch versteht sich auf Distanzangriffe?

Stellt sich nur die Frage ...

Das könnte funktionieren.

Drei Magier und zwei Bogenschützen.

Wer von euch ist in der Lage, den Mast gegen die Attacken des Seedrachen zu verteidigen?

Und noch dazu einer, der so gut wie noch nie besiegt wurde.

Niemand natürlich! Wie auch? Der Seedrache ist ein Stufe-A-Ungeheuer!

Dann ...

... übernehme ich das!

WuPP

Schumm
Schumm
Schumm
Schumm
Schumm

O...
Okay!

Fangt
an!

Er
ist in
Reich-
weite!

Bawusch

Oh nein! Es zeigt keine Wirkung!

Doch, er ist verwundet!

Macht weiter!

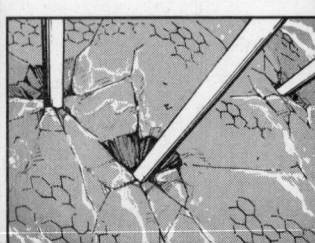

do do
do
DO do
domm

Alles klar!

So weit, so gut.

Sehr gut! Wenn wir ihm kontinuierlich Schaden zufügen, geht ihm irgendwann die Puste aus.

Aber der schwierige Teil ...

Dobatsch

Mit dieser Methode gelingt es selbst einem Novizen, die Angriffe eines solchen Gegners ins Leere laufen zu lassen!

Wer zum Teufel ist dieser Abenteurer?!

Hat er gerade die Attacke des Seedrachen mit seinem Schwert abgeblockt?!

Wow!

Hast du das gesehen?

Dabei setze ich hier mein Leben aufs Spiel!

Die dahinten glauben offenbar, sie können sich schon zurücklehnen.

Sein Angriff folgt immer demselben Bewegungsmuster und ist daher leicht vorauszusehen.

Ein kritischer Konter eröffnet mir die Chance, seinen Speerarm abzuschlagen!

Er gerät ins Wanken und bricht den Angriff ab!

Bawusch

Swusch

Dafür ist ein Abenteurer doch da!

Sie haben uns gerettet!

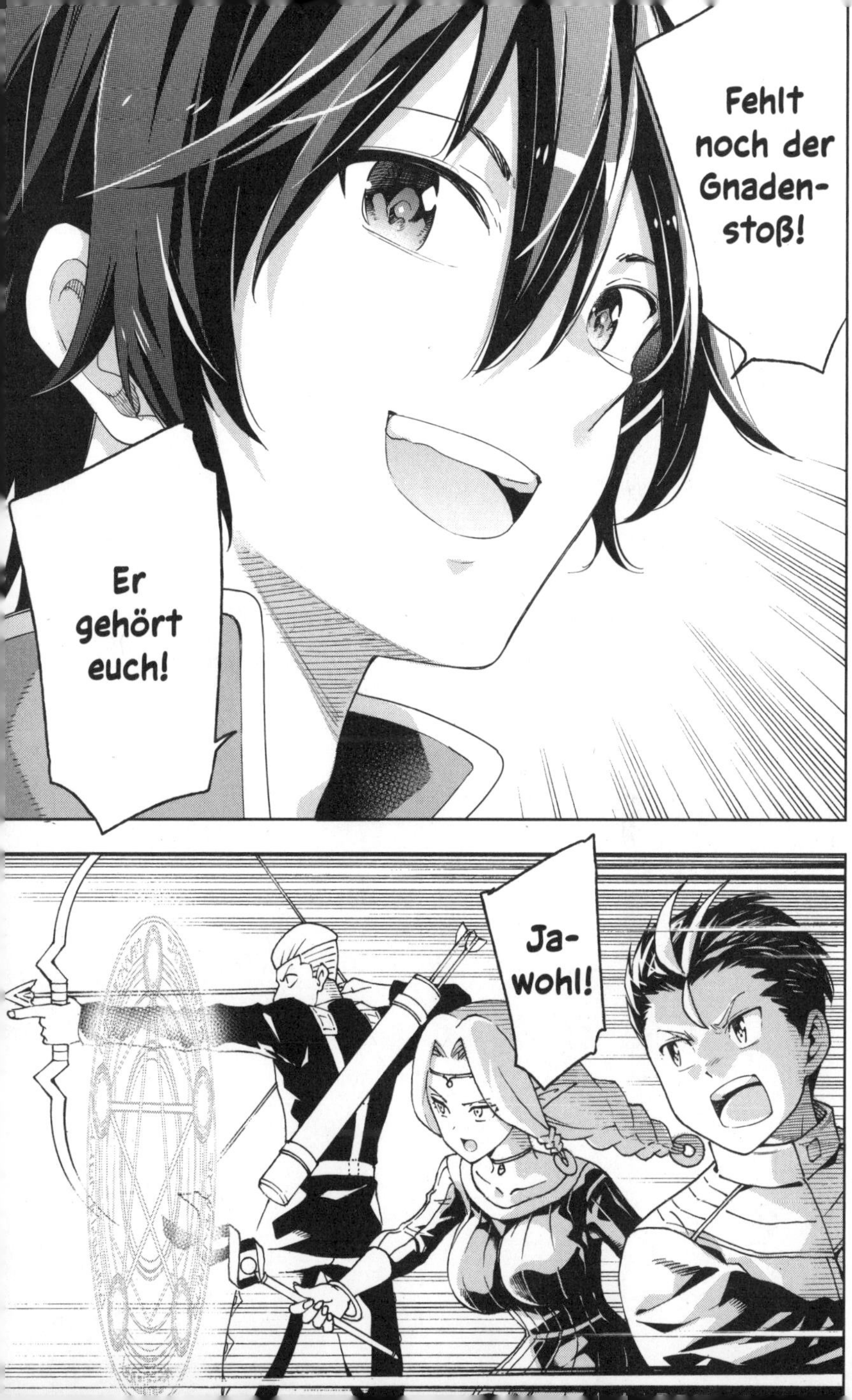
Fehlt noch der Gnaden-stoß!
Er gehört euch!
Ja-wohl!

Platsch

Ich danke euch allen!

Ge-schafft! Er ist erle-digt!

... dem un-bekannten Ausnahme-schwert-kämpfer!

Vor allem ...

Schwupp

Nanu?

Wo ist er hin?

Tut mir leid, aber ich möchte keine Aufmerksamkeit auf mich ziehen.

Und schon gar nicht auf einem Schiff voller Adliger und hoher Tiere aus der Gilde!

Puh!

Meinen Sie damit jemanden wie mich?

Ich habe in der Hauptstadt etwas Wichtiges zu erledigen.

Deshalb wär's mir lieber, die Sache nicht an die große Glocke zu hängen.

Genau ...

Die Leute auf diesem Schiff, mich eingeschlossen, verdanken Ihnen ihr Leben.

Verstehe.

Aber eins sollten Sie wissen.

Ich,
Mina Maxia,
schwöre bei
meiner Ehre
...

...
dass ich
mich für
Ihren Dienst
erkenntlich
zeigen
werde!

Darauf
freue ich
mich jetzt
schon!

Wie kann das sein?!
Wie konnte er gegen den Seedrachen siegen?
Wie dem auch sei.
Wegen eines solch kleinen Zufallserfolgs sollten wir, der Garten der Verzweiflung ...
... uns nicht den Kopf zerbrechen.

In Kürze erreichen wir die Hauptstadt.

Bitte bereiten Sie sich auf die Ankunft vor!

Endlich ...

An diesem Ort werde ich ...

... in den Stand eines Weisen aufsteigen!

Der konkurrenzlose Weise Band 1 – Ende

Ein Spiel um ein aus den Fugen geratenes Gleichgewicht

Shinkoshoto

Auf dem Weg nach Minatan musste ich wieder an das Spiel *BBO* denken …

Welch ein Zufall, ausgerechnet in einer Welt zu landen, die so viele Ähnlichkeiten mit dem Spiel hat!

BBO – Broken Balance Online. Ein in vielerlei Hinsicht schweres Spiel, bei dem es, wie der Titel vermuten lässt, um ein aus den Fugen geratenes Gleichgewicht geht.

Im Vergleich zu dem Schaden, den ich Gegnern mit meinem Schwert bei *BBO* zugefügt habe, ist der, den ich in dieser Welt mit einem Treffer erziele, um ein Mehrfaches größer. Das bedeutet, dass ein fortgeschrittener *BBO*-Spieler in dieser Welt Millionen Trefferpunkte erzielen kann. Ein himmelweiter Unterschied also!

Im Spiel waren allerdings auch die Gegner stärker und konnten auf Angriffe des Spielers effektiv reagieren. Wenn man einem ebenbürtigen Feind gegenüberstand, brach die Hölle los und es entfaltete sich ein heftiger Schlagabtausch.

Das heißt aber nicht, dass es solche Gegner nicht auch hier geben kann. Ich bin ihnen vermutlich nur noch nicht begegnet. Auch bei *BBO* ging es langsam los.

Denn im Spiel gewannen die Gegner erst mit der Zeit an Stärke. Es wäre also möglich, dass das Gleiche für diese Welt zutrifft. Ich halte es sogar für sehr wahrscheinlich.

Es gibt nämlich bestimmte Anzeichen dafür, dass diese Welt durchaus ein gefährlicher Ort ist. Wenn meine Theorie stimmt, dürfte sie sich in nicht allzu ferner Zukunft von ihrer wahren Seite zeigen. Aber davon darf ich mich nicht entmutigen lassen.

Mir bleibt nur eins. Ich muss unbesiegbar werden.

Um ehrlich zu sein, habe ich ernsthaft überlegt, ob ich mich hier nicht einfach niederlassen und in Frieden leben soll. Denn diese Welt wird sicherlich noch auf Jahrhunderte, wenn nicht auf Jahrtausende von zerstörerischen Angriffen mächtiger Gegner verschont bleiben. Ich könnte ein ruhiges, entspanntes Leben führen und hin und wieder, wenn mir der Sinn danach steht, auf die Jagd gehen. Eine verlockende Vorstellung.

Doch das wäre eine vertane Chance. Zu oft habe ich mir vorgestellt, wie großartig es wäre, wenn meine Spielewelt Realität würde. Und nun ist genau das passiert.

Eine solche einmalige Gelegenheit darf nicht ungenutzt bleiben.

Sicherheit und die Erweiterung meiner Skills. Das sind meine aktuellen Prioritäten.

Momentan schlagen meine Angriffe beim Gegner nur mit etwa 10 Schadenspunkten zu Buche. Aber das ist okay.

Derzeit füge ich Gegnern nur geringen Schaden zu, woraus ich ableite, dass dieser Welt dasselbe Zählsystem wie *BBO* zugrunde liegt. Und das bedeutet nichts anderes, als dass je nach Attacke, zum Beispiel durch einen Zauberspruch, höhere Schadenspunkte grundsätzlich möglich sind.

Jedoch verfüge ich bislang weder über die Items noch über die Skills, die für solche Attacken erforderlich sind. Auch besitze ich keine außergewöhnlichen körperlichen Fähigkeiten.

Ich habe nur mein Wissen. Doch das ist das Einzige, was man wirklich braucht.

Bei *BBO* gibt es viele verschiedene Wege, seinen Charakter weiterzuentwickeln und stärker zu machen. Man muss nur wissen, wie man es anstellt, dann ist es durchaus möglich, auch gegen stärkere Gegner anzukommen.

Mit der Standardkampftaktik hätte ich nicht einen einzigen Gegner töten können. Aber mit meinem Wissen um kritische Treffer gelang es mir, gleich Hunderte von ihnen auszuschalten. Mit wirkungsvolleren Zaubersprüchen verhält es sich genauso. Wenn ich erst das Wissen darüber habe, rücken sie in den Bereich des Machbaren. Doch bis dorthin ist es noch ein weiter Weg …

Mein nächstes Ziel ist, in einen höheren Stand zu wechseln.

Die einfachste und schnellste Möglichkeit, seinen Charakter bei *BBO* upzugraden, ist der Wechsel in den Stand eines »Weisen«. Seine Stärke und Skills sind in keiner Weise mit denen anderer Stände zu vergleichen. Das macht ihn so einzigartig.

Wissen ist in dieser Welt wichtiger als alles andere. Für manche Kampftechniken benötigt man beispielsweise spezielles Fachwissen und Vorkenntnisse.

Ich bin entschlossen, all mein Wissen einzusetzen, um zur Nummer eins zu werden.

Ende

ELD

Name Eld

Klasse Novize

Lv. 1

Statuswerte

LP: 80 **MP: 30**

STR: 21 INT: 21

AGI: 19 WIL: 18

VIT: 20 FRÖ: 21

Ausrüstung

E Stumpfes Schwert

Fähigkeiten

S Selbstheilung

Artwork
Miso Sato

**Wäre es nicht großartig, sich plötzlich
in der Welt des Lieblingsspiels wieder-
zufinden und festzustellen, dass man
dort seine Spielekenntnisse
einsetzen kann?
Eld ist zu beneiden!**

Deutsche Ausgabe / German Edition
Altraverse GmbH – Hamburg 2024
Aus dem Japanischen von Noreen Adolf

ISEKAI KENJA NO TENSEI MUSO -GAME NO CHISHIKI DE ISEKAISAIKYO- vol. 1
©Shinkoshoto/SB Creative Corp.
Original Character Designs:©Kaito Shibano/SB Creative Corp.
©2020 Miso Sato / SQUARE ENIX CO., LTD.
First published in Japan in 2020 by SQUARE ENIX CO., LTD.
German translation rights arranged with SQUARE ENIX CO., LTD.
and Altraverse GmbH through Tuttle-Mori Agency, Inc.

Redaktion: Esther Hornbrook
Herstellung: Shanice De Sutter
Lettering: Vibrant Publishing Studio

Druck: Nørhaven A/S, Viborg
Printed in Denmark

ISBN 978-3-7539-2058-0
2. Auflage 2024

www.altraverse.de